AF381251

© Mise en page, illustrations et couverture Sandrine KRIKORIAN
© 2024 Sandrine KRIKORIAN.
Édition : BoD · Books on Demand GmbH, In de Tarpen 42, 22848 Norderstedt (Allemagne)
Impression : Libri Plureos GmbH, Friedensallee 273, 22763 Hamburg (Allemagne)
ISBN : 978-2-3225-4378-6
Dépôt légal : novembre 2024.

SANDRINE KRIKORIAN

Le picon-citron-curaço de Marius Olive

Comédie théâtrale en un acte

FSC
www.fsc.org
MIXTE
Papier issu
de sources
responsables
Paper from
responsible sources
FSC® C105338

Cher amis lecteurs, l'Académie des *Fadas* de Marseille fait son retour sous ma plume galéjeuse pour vous narrer nos aventures littéraires et linguistiques.

Dans notre précédent recueil intitulé *Longo mai à l'Académie des Fadas de Marseille !*, vous avez pu découvrir l'origine du nom du *Bar des Gabians* et celle des surnoms de ses éminents membres résidants : Monsieur *Blond*, *Jobastre-Calu*, Félix *Esquichefigue* et Maître *Chichi*[1]. Le tout ayant ainsi abouti à une analyse lexicale précise et à des créations littéraires franco-provençales autour du mot figue (et de ses dérivés) sous forme d'une fable et d'expressions imagées...

Cela a donc nécessairement exclu, ou réduit à une mention de quelques lignes seulement, des scènes pourtant mémorables et dignes d'être, pour certaines, mises en scène au théâtre ou au cinéma... C'est d'autant plus vrai que, depuis quelque temps, nous avons décidé de filmer nos séances afin de pouvoir les diffuser au format audio-visuel si l'envie nous en prenait.

En discutant longuement, nous avons trouvé qu'il serait fort dommage que certaines de ces scènes restent confidentielles et sommes donc

---

[1] Voir Sandrine Krikorian, *Longo mai à l'Académie des Fadas de Marseille !*, Paris, BoD, Norderstedt, 2023.

tombés d'accord pour faire une nouvelle publication à ce sujet.

En tant que Secrétaire perpétuelle de la classe des Sciences humaines et sociales, Langues, Lettres et Arts de l'Académie des *Fadas* de Marseille, c'est une fois de plus à moi qu'a échu la délicate mais agréable tâche de choisir l'objet de la présente publication.

En parlant avec mes quatre *collègues*, je leur faisais un jour remarquer que nous étions tout de même parfois la caricature des Marseillais, et conséquemment de nous-mêmes, et qu'il y avait vraiment de quoi se moquer de nous…

Tous quatre m'ont dit que j'exagérais quand même un peu. Les paris furent donc ouverts et, pour argumenter mon propos, j'ai ressorti l'enregistrement de l'une de nos séances particulièrement mémorable dans laquelle *Marius Olive* donne la recette de son fameux picon-citron-curaço…

Nous l'avons visionnée à plusieurs reprises car, contrairement à la boisson, la scène est à consommer sans modération !

Et, chers amis lecteurs, pour que vous puissiez en profiter pleinement et juger par vous-mêmes si, oui ou non, nous sommes parfois très caricaturaux, je l'ai retranscrite ici pour la présente publication.

À la question qui m'a été posée de savoir pourquoi publier cette scène prêtant autant à rire de nous-mêmes, j'ai simplement répondu : « Car Heureux sont ceux qui ont de l'autodérision, ils auront de quoi rire jusqu'à la fin de leur vie ! »

Sandrine Krikorian

PERSONNAGES

MA NINE NOUVELLE, membre résidante et Secrétaire perpétuelle de la classe des Sciences humaines et sociales, des Langues, des Lettres et Arts de l'Académie des *Fadas* de Marseille.

NATALÌO OLIVE, patronne du *Bar des Gabians,* épouse de *Marius Olive* et membre honoraire de l'Académie des *Fadas* de Marseille.

MARIUS OLIVE, patron du *Bar des Gabians,* époux de *Natalìo* et membre honoraire de l'Académie des *Fadas* de Marseille.

MONSIEUR *BLOND,* membre résidant, président et Secrétaire perpétuel de la classe de Droit, d'Économie et des Sciences politiques et morales de l'Académie des *Fadas* de Marseille.

JOBASTRE-CALU, membre résidant, vice-président et Secrétaire perpétuel de la classe de l'Audio-visuel et du Cinéma de l'Académie des *Fadas* de Marseille.

FÉLIX *ESQUICHEFIGUE,* membre résidant, secrétaire et Secrétaire perpétuel de la classe des Armées et du Sport de l'Académie des *Fadas* de Marseille.

MAÎTRE *CHICHI,* membre résidant, trésorier et Secrétaire perpétuel de la classe des Sciences de l'Académie des *Fadas* de Marseille.

DÉCOR

La scène se déroule dans le Bar des Gabians, *donnant sur le port. Ce lieu est le siège social de l'Académie des* Fadas *de Marseille. La salle, de grande taille, comporte de nombreuses tables et chaises. Le comptoir en zinc est étincelant. Les murs sont tapissés des neuf commandements des Marseillais et des neuf commandements du supporter marseillais[2]. À leur table habituelle, sont assis ceux qui sont surnommés les cinq mousquetaires pagnolesques : Monsieur* Blond, *Maître* Chichi, *Félix* Esquichefigue, Jobastre-Calu *et* Ma Nine Nouvelle. Natalìo Olive, *quant à elle, est assise à une table à côté en train de faire les comptes.* Marius Olive, *derrière son comptoir, range ses bouteilles.*

MONSIEUR *BLOND*
(sur le ton solennel qu'il prend à chaque début de séance)

Mes chers amis et membres de l'Académie des *Fadas* de Marseille, je déclare la séance d'aujourd'hui ouverte. Et je suggère que nous reprenions là où nous nous en étions arrêtés la dernière fois.

JOBASTRE-CALU

Vouais, mais où est-ce qu'on s'en était arrêté déjà ?

---

[2] Sandrine Krikorian, *Les quatre mousquetaires pagnolesques,* Paris, BoD, Norderstedt, 2020.

MAÎTRE *CHICHI*

À la rédaction du lexique anglais-marseillais[3].

FÉLIX *ESQUICHEFIGUE*

Mais à quel endroit exactement ?

MAÎTRE *CHICHI*

Déjà il faudrait se rappeler de tous les mots qu'il y a…

MONSIEUR *BLOND*

Bonne question…

FÉLIX *ESQUICHEFIGUE*

Eh *bè* ! Si toi aussi *ti'es négué*, on n'est pas *sorti du cabanon* !

(Se tournant vers Ma Nine Nouvelle.*)*

Toi, je suis sûr que tu t'en souviens ?

MA NINE NOUVELLE

Oui, à la traduction du mot « *drink* »…

---

[3] Sandrine Krikorian, *Longo mai à l'Académie des Fadas de Marseille !*, Paris, BoD, Norderstedt, 2023.

MARIUS OLIVE
(en prenant une bouteille sur le comptoir)

Ah ! *Ma nine !* Heureusement que *tch'es* là, *vai* ! Sinon… *Adieu bottes* ! Qu'est-ce qu'ils feraient sans toi, ces *chiapacans*, je me le demande…

MA NINE NOUVELLE
(sur un ton mi-sérieux, mi-amusé)

Eh *bè*, ils feraient la même chose que tu ferais sans *Natalìo*.

MARIUS OLIVE

Allons bon ! *Ma nine,* je t'aime bien, tu le sais, mais là tu exagères un peu quand même ! Tu vas encore me dire que sans elle je serais perdu et que je ne rappellerais plus de rien.

NATALÌO OLIVE
(d'un air absent, la tête dans son livre de compte)

C'est pourtant le cas.

MARIUS OLIVE

Vé-moi-les toutes les deux ! Soi-disant que je ne me rappellerais de plus rien sans *Natalìo*. Et après, on dit que c'est moi qui exagère ! *Fan de chichourle* ! Il vaut mieux entendre ça que d'être sourd, *vai* ! Au fait, *Natalìo*, c'est à quelle heure que je dois voir mon frère dimanche soir ?

NATALÌO OLIVE
(levant les yeux au ciel).

À sept heures...

MA NINE NOUVELLE
(riant)

Ti'as raison *Marius*, nous avons tort toutes les deux. On vient juste d'avoir la preuve que tu t'en sortirais parfaitement sans *Natalìo*.

MARIUS OLIVE
(avec un air bougon)

Oui, bon d'accord, pour cette fois, c'est vrai...

JOBASTRE-CALU
(sur un ton jubilatoire)

Elle t'a bien eu tonton !

MARIUS OLIVE

Oh toi, ça suffit, hein ! Occupe-toi un peu de savoir où vous en êtes !

JOBASTRE-CALU

Mais je sais où en en est !

MARIUS OLIVE

Oui, parce que c'est *la petite* qui vient de le dire !

FÉLIX *ESQUICHEFIGUE*

Tè ! Vé ! Ça y est ! Ils recommencent à se disputer pour rien ces deux-là, histoire de changer un peu.

MA NINE NOUVELLE

Ne nous plaignons pas ! C'est la première fois de la journée, on a de la chance. Et puis hier, ils ne se sont pas disputés…

MONSIEUR *BLOND*

Erreur ma belle ! Hier, ils se sont bien disputés… C'était juste avant que tu n'arrives.

MA NINE NOUVELLE
(faussement déçue)

Et dire que j'ai manqué ça. *Qué* dommage alors ! Tant pis, va ! Je m'en remettrai ! Alors, pour aujourd'hui, qui prend les paris sur le gagnant ?

MAÎTRE *CHICHI*

Moi, je parie sur un match nul avec une intervention de Monsieur *Blond* pour jouer les arbitres.

MONSIEUR **BLOND**

Oui, comme d'habitude, c'est à moi de m'y coller !

MA NINE NOUVELLE

Eh ! Que veux-tu ? C'est ton rôle monsieur le Président...

MARIUS OLIVE

Non mais vous n'avez pas un peu fini de vous foutre de nous tous les quatre ! Oh ! *Franchement* !

JOBASTRE-CALU

Oui, c'est vrai ça ! Et puis arrêtez un peu aussi de parler de nous comme si nous n'étions pas là !

FÉLIX **ESQUICHEFIGUE**

Alors ça, il faut le voir pour le croire ! Vous n'êtes jamais d'accord sur rien et là vous vous liguez contre nous !

MA NINE NOUVELLE

Ça, c'est juste parce qu'ils savent que nous avons raison. Mais revenons à nos moutons. Je tiens toujours le pari. Maître *Chichi* parie sur une intervention de Monsieur *Blond* pour jouer les arbitres. À moins que...

MAÎTRE *CHICHI*
(intéressé)

À moins que quoi ?

MA NINE NOUVELLE

À moins que ces messieurs décident de s'arrêter d'eux-mêmes et qu'on puisse enfin se mettre au travail ! Et moi, je parie sur cette solution…

MAÎTRE *CHICHI*
(dubitatif)

Bon courage alors !

FÉLIX ***ESQUICHEFIGUE***

Sinon, on peut toujours *aller chercher Molinàri…*

MA NINE NOUVELLE

Non, pas besoin d'intervention de Monsieur *Blond*, de courage ou d'*aller chercher Molinàri*. Je suis sûre qu'ils vont s'arrêter d'eux-mêmes.

MAÎTRE *CHICHI*

Pari tenu !

FÉLIX ***ESQUICHEFIGUE***

Idem !

MONSIEUR BLOND

Je suis les amis… Alors *itou* !

MA NINE NOUVELLE

C'est d'accord ! Mais n'est-ce pas que vous allez cesser de vous-mêmes messieurs ?

JOBASTRE-CALU
(sur un boudeur)

Bon, allez, ça va, d'accord, j'arrête pour cette fois-ci. Sinon tonton *Marius* va encore dire que c'est ma faute. De toute façon, avec lui, c'est toujours de ma faute alors…

MARIUS OLIVE
(également boudeur)

Mais bien sûr que c'est toujours de ta faute ! Mais ça va, moi aussi j'arrête, sinon tu vas me le reprocher et me dire que je dis toujours que c'est ta faute !

S'ensuit un moment de silence, Marius *essuyant une bouteille et* Jobastre-Calu *en train de chercher un stylo.*

MAÎTRE CHICHI
(incrédule en s'adressant à Ma Nine Nouvelle)

Pas possible ! Ils se sont arrêtés ! Mais comment *ti'arrives* à faire ça ?

MA NINE NOUVELLE
(avec un large sourire et l'œil pétillant de malice)

Ma touche féminine, mon cher, ma touche féminine… Eh bien, messieurs, je crois bien que j'ai encore une fois gagné mon pari !

(Puis, sur un ton plus sérieux.)

Bon, alors, on s'y met oui ou non ? Parce que sinon, à ce rythme-là, à *l'an que vèn*, on y est encore !

MONSIEUR *BLOND*

Parfait ! Nous cherchions donc comment traduire en marseillais le mot anglais « *drink* ». Des suggestions ?

NATALÌO OLIVE
(levant pour la première fois le nez de son livre de compte)

Je ne sais pas si ça peut vous aider, mais d'après ce que j'ai calculé pour l'instant sur le premier trimestre, c'est le pastis qui est en tête.

MAÎTRE *CHICHI*

Alors, je suggère d'utiliser le mot *pastaga*.

JOBASTRE-CALU

Ou alors, un *jaune*.

FÉLIX *ESQUICHEFIGUE*

Ou alors, un *fly*

JOBASTRE-CALU
(haussant les épaules)

Si c'est pour traduire un mot anglais par un autre mot anglais, je ne vois pas bien à quoi ça sert ?

MONSIEUR *BLOND*

C'est vrai, mais un *fly*, à Marseille, on sait quand même ce que c'est. C'est un peu comme le football ou le ferry-boat…

MA NINE NOUVELLE

Oui, c'est tout à fait vrai. Et puis, prononcé à la marseillaise, ça fait « foutebole » et « fériboîte » et surtout ça ne s'écrit pas pareil ! Alors, je me dis qu'on pourrait peut-être rendre la graphie un peu plus marseillo-provençale et écrire f-l-a-i trema plutôt que f-l-y…

FÉLIX *ESQUICHEFIGUE*

Bonne idée !

MONSIEUR *BLOND*

Je trouve aussi. Est-ce que tout le monde est d'accord pour traduire le mot « *drink* » par trois mots différents : *flaï*, avec a et i tréma, *jaune* et *pastaga* ?

(Les quatre autres hochent la tête pour acquiescer.)

Parfait, nous pouvons donc passer au mot suivant.

(Marius sort prestement de derrière son comptoir s'approche des autres d'un pas décidé.)

MARIUS OLIVE

Ah mais non, je ne suis pas d'accord moi ! Et mon picon-citron-curaçao alors ! Ce n'est pas pour toi *ma nine* ce que je vais dire, bien sûr. Mais sinon, les quatre autres, qu'est-ce que vous en faites, vous, de mon picon-citron-curaçao ? Bande de *chapacans, va* ! Est-ce que vous y pensez ? J'en sers autant que le pastis… ou presque !

NATALÌO OLIVE
(dans un but d'impartialité)

C'est vrai, il vient juste derrière dans les comptes.

MARIUS OLIVE
(triomphant)

Je le savais bien ! Et puis, il a une sacrée histoire le picon-citron-curaçao chez nous, au *Bar des Gabians* ! Il faut que je vous raconte ça. Parce que c'est important de le dire. Voilà l'histoire. C'était le premier jour de travail de *Jobastre-Calu*…

NATALÌO OLIVE
(se levant d'un bond et allant se planter devant son mari, les mains sur les hanches)

Ah non ! Ça suffit maintenant ! Ça fait à peu près cinq cents fois que tu racontes l'histoire depuis le début de l'année et je te rappelle qu'on est seulement au mois de mars !

MARIUS OLIVE
(avec mauvaise foi)

Oui, mais comme personne dans l'Académie ne l'a jamais écrite cette histoire pour qu'on en garde le souvenir, alors je suis bien obligé de la répéter.

MA NINE NOUVELLE
(s'efforçant à ne pas éclater de rire)

Ah ! Ben dans ce cas, ça va alors ! S'il suffit juste qu'elle soit écrite pour que tu arrêtes de la raconter, vas-y, raconte-la. Promis, juré, je prends bien tout en note pour en faire le compte rendu détaillé…

(Marius Olive prend une chaise, la retourne pour s'asseoir à califourchon et commence.)

MARIUS OLIVE

Bon alors, voilà *comme* ça s'est passé. Je ne dis pas en quelle année c'était, parce que ça me vieillit trop. C'était le premier jour de travail de notre petit Jules-César et…

FÉLIX ESQUICHEFIGUE
(l'interrompant faussement sérieux)

Et on peut dire que, ce jour-là, il a été impérial le Jules…

MARIUS OLIVE
(se levant et pointant son doigt vers Félix Esquichefigue)

Ah toi ! Ne commence pas à me couper la parole sans arrêt hein ! Et puis tu garderas un peu toutes les *couillonades* que *tch'as* à dire pour la fin de l'histoire !

FÉLIX ESQUICHEFIGUE

Ça va, ça va… D'accord, *Marius*, ne t'*engatse* pas. J'ai compris. Je te laisse continuer…

(*Marius Olive s'assied de nouveau.*)

MARIUS OLIVE

Je disais donc que c'était le premier jour de travail de mon cher neveu. Je m'en rappelle comme si c'était hier. Le début de matinée s'était bien passé. À 8h, je lui avais expliqué *comme* on rangeait les bouteilles, à 8h30, *comme* on rangeait les verres et à 9h, *comme* on rangeait les tables et les chaises…

FÉLIX ESQUICHEFIGUE
(incapable de s'empêcher d'intervenir)

Et la pause pipi, c'était à quelle heure ?

MARIUS OLIVE
(réfléchissant sérieusement en se grattant le menton)

À 10h30. Et après la pause, il a commencé à nettoyer les tables.

MAÎTRE CHICHI
(levant les yeux au ciel, découragé, et se penchant vers Ma Nine Nouvelle pour lui parler à l'oreille)

S'il continue comme ça, on n'a pas fini ! À minuit, on y sera encore.

MA NINE NOUVELLE
(lui répondant à voix basse avec un sourire)

Hors de question ! Ce soir, j'ai mieux à faire… Attends, je vais intervenir !

(Puis à haute voix.)

Oh *Marius* ! *Ti'es* bien *brave*, tu le sais. Et je t'aime beaucoup, tu le sais aussi. Mais là, tu nous la fais un peu longue quand même ! Alors si tu voulais bien être encore plus *brave*, tu abrégerais un peu l'histoire pour arriver au moment crucial.

MARIUS OLIVE

Si ça peut te faire plaisir *ma nine* ! Il était 14h18 précisément et avec *Natalìo*, il fallait qu'on parte pour faire deux courses.

JOBASTRE-CALU

Oh ! Vous l'entendez ! Il était 14h18 précisément… Oui, alors ça, tu t'en rappelles comme si c'était hier. Par contre, pour te rappeler à quelle heure tu dois voir ton frère dans deux jours, alors là, *y'a* plus *degun* et *ti'as* besoin de tata *Natalìo* !

MARIUS OLIVE
(haussant le ton)

Oh ! Toi, tais-toi ! *Tch'as* pas le droit à la parole pendant que je raconte tes *cagades* !

MA NINE NOUVELLE

Tu disais donc qu'il était 14h18 précisément. Continue.

Marius Olive *commence à s'*engatser *et se lève de sa* chaise.

MARIUS OLIVE

Il était 14h18 et je dis à *Môssieur* Jules-César que la voiture de picon allait passer. Je lui dis de prendre 12 bouteilles et que ça lui ferait 240 francs. Avec *Natalìo*, on s'en va pour faire nos courses. Et à notre retour… Ah ! *Coquin de sort* ! Ah ! Bon sang de bonsoir ! *Aquéu pichot que couioun de cop que i'a* !

(S'engatsant de plus en plus au fur et à mesure qu'il revit la scène ; il commence à faire les cent pas.)

Le problème, c'est que *Môssieur* Jules-César avait un peu la tête dans les nuages. Ce *chiapacan* a donc acheté 240 bouteilles de picon ! Vous entendez 240 bouteilles de picon ! Pas 24, pas 40 ! 240 !

(Il se retourne vers son neveu et se met à crier comme il l'avait fait le premier jour.)

240 bouteilles ! Nom de Dieu de nom de Dieu ! 240 bouteilles ! Non mais *tch'es* pas un peu *jobastre* ! Non mais *tch'es* pas un peu *calu* !

MONSIEUR *BLOND*
(tentant de tempérer)

Allez *Marius*, calme-toi un peu, *vai* ! C'était il y a longtemps cette histoire ! Surtout que c'est grâce à ça que, depuis, notre Jules-César, on le surnomme *Jobastre-Calu* ! Et puis, maintenant, il le connaît bien son travail quand même, tu es forcé de la reconnaître... Et il le fait bien !

MARIUS OLIVE
(continuant de s'engatser)

Oui... Enfin... Sauf pour une chose ! Il ne sait toujours pas *comme ça se fait* un picon-citron-curaçao !

NATALÌO OLIVE
(dans un soupir)

Oh ! *Fatche de* ! Nous y revoilà...

(Marius Olive retourne derrière son comptoir pour aller chercher un verre et des bouteilles qu'il dispose sur un plateau puis revient vers les autres et pose le tout sur une table avant de s'adresser à Jobastre-Calu.)

MARIUS OLIVE

Allez ! *Zóu* ! Viens un peu ici *mon petit* que je te montre encore une fois *comme* ça se prépare un picon-citron-curaçao !

(Jobastre-Calu *se lève, résigné, et s'avance vers la table.*)

D'abord, tu prends le picon et tu en verses un tiers dans le verre.

FÉLIX ESQUICHEFIGUE
(faussement sérieux et adressant un clin à
Monsieur Blond)

Mais attention *Jobastre-Calu*, hein, un tout petit tiers. Pas vrai *Marius* ?

MARIUS OLIVE
(se retournant vers Félix Esquichefigue *puis de nouveau vers son neveu)*

Exactement ! Après, tu prends la bouteille de citron et tu mets un tiers.

MONSIEUR *BLOND*
(sur le même ton que Félix Esquichefigue *et adressant un clin d'œil à Maître* Chichi)

Un peu plus gros celui-là de tiers *Jobastre-Calu*. Pas vrai *Marius* ?

MARIUS OLIVE
(se retournant vers Monsieur Blond *puis de nouveau
vers son neveu)*

Exactement ! Après, tu prends la bouteille de curaçao. Et là, tu mets encore un tiers.

MAÎTRE *CHICHI*
(sur le même ton que Monsieur Blond *et adressant un
clin d'œil à* Ma Nine Nouvelle*)*

Un bon tiers cette-fois, tu entends *Jobastre-Calu*. Pas vrai *Marius* ?

MARIUS OLIVE
(se retournant vers Maître Chichi *puis de nouveau vers
son neveu)*

Exactement ! Enfin, tu prends la bouteille d'eau. Et là, tu mets encore un tiers.

MA NINE NOUVELLE

Et cette fois-ci, *Jobastre-Calu*, tu mets un grand tiers !
Voilà ! Pas vrai *Marius* ?

MARIUS OLIVE
(se retournant vers Ma Nine Nouvelle *puis de nouveau
vers son neveu)*

Exactement !

MA NINE NOUVELLE
(sur un ton un peu badin)

En fait, comme tu le répètes souvent, c'est un comme la recette de nos livres : un tout petit tiers de littérature, un tiers d'humour, un BON tiers d'authenticité et enfin un GRAND tiers d'amour de Marseille et de la Provence. Pas vrai *Marius* ?

MARIUS OLIVE
(se retournant encore une fois vers Ma Nine Nouvelle *puis de nouveau vers son neveu)*

Exactement ! *Tch'as* compris maintenant ?

JOBASTRE-CALU
(ironique)

Oh, *bè vouais*, tu penses ! Depuis le temps que tu me la rabâches cette recette ! Et toi, est-ce que tu comprends que dans un verre, il n'y a que trois tiers ?

FÉLIX ESQUICHEFIGUE
(sur un ton faussement sérieux)

Ah ! *Jobastre-Calu* ! Ne cherche pas à détourner la conversation s'il-te-plaît ! Ça dépend de la grosseur des tiers. Pas vrai *Marius* ?

MARIUS OLIVE
(se retournant de nouveau vers Félix Esquichefigue*)*

Exactement !

JOBASTRE-CALU

Non, ça ne dépend pas de la grosseur des tiers ! C'est de l'arithmétique ! *Tè* ! *Mi nègui* ! J'en ai mon *gonfle* ! Tu n'as qu'à demander à Maître *Chichi* qu'il t'explique ! Après tout, c'est lui le Secrétaire perpétuel de la classe des Sciences.

MAÎTRE *CHICHI*

Euh non… Quand j'ai accepté le poste, ce n'était pas prévu dans le contrat !

MONSIEUR *BLOND*

En parlant de l'Académie, on peut peut-être s'y remettre non ?

MA NINE NOUVELLE
(saisissant l'occasion)

Euh… Vu l'heure qu'il est, on devrait peut-être plutôt arrêter pour aujourd'hui… Tout le monde est d'accord ?

(Tout le monde hoche la tête.)

Parfait ! Allez, *Fadòli* ! À toi de conclure.

MONSIEUR *BLOND*

Eh *bè* alors, je déclare la séance d'aujourd'hui terminée.

Une fois l'enregistrement passé, les quatre amis durent se rendre à l'évidence et reconnaître, « une fois de plus », déclarèrent-ils à l'unisson, que j'avais raison et que j'avais gagné mon pari.

Je leur demandai donc pour quelle raison ils persistaient à parier avec moi car, si j'exceptai le traquenard qu'ils m'avaient tendu concernant le Festival de Cannes[4] - exception qui confirme la règle –, je gagne toujours mes paris.

Monsieur *Blond* répondit : « Traquenard, traquenard, c'est un bien grand mot quand même ! Je te rappelle que c'était juste un petit test littéraire et amical pour voir si tu pouvais faire partie de notre académie. Sinon, pourquoi je parie avec toi ? Eh bien ma chère tout simplement pour le plaisir de la joute intellectuelle ! ».

Jobastre-Calu : « Pourquoi je parie avec toi ? Parce que je suis *jobastre* et que je suis *calu*. C'est suffisant comme raison non ? ».

Félix *Esquichefigue* : « Pourquoi je parie avec toi ? Oh pour moi, tu sais, le plus important est de s'amuser et d'être heureux en étant ensemble, alors gagner ou perdre, quelle importance ! »

---

[4] Sandrine Krikorian, *L'Académie des Fadas de Marseille*, Paris, BoD, Norderstedt, 2022.

Maître *Chichi* dit simplement : « Moi ? » puis il prit silencieusement sa guitare, commença à jouer et se mit à chanter *Wateloo* d'ABBA…

PUBLICATIONS DE L'AUTEUR

Auteur unique

Gastronomie et arts de la table

Iconographie gastronomique, arts et usages de table en France aux XVIIème et XVIIIème siècles, Paris, BoD, Norderstedt, 2024.

Les Plaisirs de la Vie de César Pellenc (1654). Une œuvre poético-gastronomique provençale du XVIIème siècle, Paris, BoD, Norderstedt, 2023.

Les banquets dans Harry Potter, Paris, BoD, Norderstedt, 2021.

Les Menus de Choisy, Paris, BoD, Norderstedt, 2021.

Tables des riches, tables du peuple. Gastronomies et traditions culinaires en Provence du Moyen Âge à nos jours, Saint-Martin-de-Crau, GénéProvence, collection Un temps passé, 2014.

PRIX MONSIEUR ET MADAME AMPHOUX DE L'ACADÉMIE DES SCIENCES, LETTRES ET ARTS DE MARSEILLE.

À la table des élites. Les repas privés en France de la Régence à la Révolution, Aix-en-Provence, Presses Universitaires de Provence, collection Le Temps de l'Histoire, 2013.

Les Rois à table. Iconographie, gastronomie et pratiques des repas officiels de Louis XIII à Louis XVI, Aix-en-Provence, Presses Universitaires de Provence, collection Le Temps de l'Histoire, 2011.

Pastoralisme et transhumance

Le mérinos en Provence au XIXème siècle : « Essai sur l'amélioration des laines et sur l'accroissement des troupeaux » (Chiousse, 1816), Paris, BoD, Norderstedt, (à paraître).

La bergerie nationale d'Arles (1805-1825), Paris, BoD, Norderstedt, 2023.

Pastoralisme et transhumance en Provence durant la Seconde Guerre mondiale : de l'Occupation à l'après-Libération (1939-1948), Paris, BoD, Norderstedt, collection Mélanges Pastoraux, 2023.

Les chemins de transhumance dans la Provence du XVIIIème siècle, Paris, BoD, Norderstedt, collection Mélanges Pastoraux, 2022.

La transhumance arlésienne durant la Seconde Guerre mondiale. Pays d'Arles et Camargue (1939-1942), Paris, BoD, Norderstedt, collection Mélanges Pastoraux, 2022.

Bergers et moutons de la Crau à l'alpe. Pastoralisme ovin et transhumance de la Préhistoire à nos jours, Préface de Régis Bertrand, Paris, BoD, Norderstedt, 2021.

Autres ouvrages scientifiques

Les pompiers des Bouches-du-Rhône : 100 ans d'histoire(s) de casernes à Saint-Martin-de-Crau (1925-2025), Paris, BoD, Norderstedt, (à paraître).

Et Saint-Martin-de-Crau devint indépendante… (1882-1925), Paris, BoD, Norderstedt, 2022.

Paysages animés et vie provençale XIXème-XXème siècles, livret d'exposition, Observatoire de la langue et de la culture provençales, éditions Collectif Provence, 2020-2021.

Littérature romancée

Le picon-citron-curaço de Marius Olive, Paris, BoD, Norderstedt, 2024.

Longo mai à l'Académie des Fadas de Marseille !, Paris, BoD, Norderstedt, 2023.

L'Académie des Fadas de Marseille, Paris, BoD, Norderstedt, 2022.

Les quatre mousquetaires pagnolesques, Paris, BoD, Norderstedt, 2020.

Co-auteur (ouvrages collectifs, actes de colloques, revues scientifiques à comité de lecture)

« The diets of rich and powerful », in *Early Modern Food,* sous la direction de Roderick Phillips, Londres, Routledge, (à paraître).

« Les recettes dites "à la provençale" dans la gastronomie du XVIIIème siècle », Actes du colloque *Boire et manger en Provence du Moyen Âge à nos jours (Xème-XXème siècles). Étude archéologique et historique de la consommation alimentaire,* sous la direction de Marie-Astrid Chazottes, actes du colloque 6 et 7 octobre 2020, LA3M – université Aix-en-Provence, Drémil-Lafarge, éditions Mergoil, 2023.

« À la table de Maupas… » et « L'horloge néobaroque des ébénistes David Frères », in *La Préfecture de Marseille,* sous la direction de Laurent Noet, Marseille, éditions David Gaussen et E.S.So.R., 2021.

« La reconstitution culinaire : une réalité virtuelle ou un rêve devenu réalité ? », in *Le réel et le virtuel*, sous la direction de Sylvie Le Clech, 144ème CTHS, Marseille, 2018, édition numérique 2021.

« Les arts de la table et la faïence provençale », in *À table en Provence 1850-1940*, actes du colloque - janvier 2015, Toulon, 2015.

« De l'entremets médiéval aux festins louis-quatorziens : propagande politique et faste royal », in *Le rituel des cérémonies* sous la direction de Jean Duma, 139ème CTHS, Nîmes, 2014, édition numérique 2018.

« Chocolat et café de la table de Louis XV au château de Choisy », in *À la table des châteaux*, Actes des Rencontres d'Archéologie et d'Histoire en Périgord les 26, 27 et 28 septembre 2014, Ausonius Editions, Scripta Mediaevalia 27, Bordeaux, 2015, p. 249-257, sous la direction de Anne-Marie Cocula et Michel Combet.

« Images du banquet royal sous les Valois », in *Revue Prédelle*, sous la direction de Diane Bodart et Valérie Boudier, 2014.

« Les surtouts de table au XVIIIème siècle : un langage visuel artistique et patriotique », in *La diversité des langages visuels, de l'Antiquité à l'époque moderne*, sous la direction de Mireille Corbier et Gilles Sauron, 139ème CTHS, 2014, édition numérique 2018.

« Gestes culinaires et ustensiles de cuisine dans la peinture des XVIIème et XVIIIème siècles ou le travestissement d'une réalité quotidienne », in *Les cuisines*, sous la direction de François Blary, 138ème CTHS, Rennes, 2013, édition numérique 2016.

« L'iconographie des repas du Christ au XVIIème siècle », in *Représentations et alimentation : Arts et pratiques alimentaires*, sous la direction de Dominique Poulot, 138ème CTHS, Rennes, 2013, édition numérique 2015.

« Manque et excès de convivialité dans les repas royaux de l'Ancien Régime », in revue *Lumières*, n°21, 2013, sous la direction de Cécile Revauger, Rémy Duthille et Jean Mondot.

« Des plaisirs de la chère aux plaisirs de la chair : le dérèglement des sens dans les *Contes* illustrés de La Fontaine », in *Images, textes et concepts*, sous la direction de Jean-René Gaborit, 132ème CTHS, Arles, 2007, édition numérique, 2012.

« La table du Roi dans l'image populaire : les repas de Louis XIV dans les almanachs », in *L'imagerie populaire : sources et modèles*, sous la direction d'Annie Duprat, 132ème CTHS, Arles, 2007, édition numérique, 2010.

« Pour une interprétation littéraire et morale de l'iconographie des repas populaires français des XVIIème et XVIIIème siècles à travers les œuvres de Bourdon et de Greuze », in *Tradition et innovation en Histoire de l'Art*, sous la direction de Jean-René Gaborit, 131ème CTHS, Grenoble, 2006, édition numérique, 2009.

« Nourriture et arts de la table à travers deux romans du XVIIème siècle illustrés au siècle des Lumières : le *Don Quichotte* de Cervantès et le *Roman Comique* de Scarron », in *Food and History*, Brepols Publishers, 2005, volume 3, numéro 1.